구암출판사 시선집 ②

너 그거 아니?

이종임 시집

구암출판사

자연 속에서 문학을 꿈꾸는 이종임 시인

삶의 깊이가 녹아드는 시, 평범한 일상을 아름답게 연출하는 시, 문학에 대한 열정을 고스란히 승화시키는 시, 자신만의 독특한 성향을 자연스럽게 풀어내는 시, 겸손한 마음으로 약한 이들을 보듬고 안아주는 시, 그런 시를 쓰는 이가 이종임 시인이다.

어머니를 부르면 울컥하지 않은 사람은 없다.
누구에게나 소중한 추억이 있기에 그러하다.

고향집 뒤 안에 아담하게 자리 잡은 우물가에서 어머니와의 추억이 흠뻑 담긴 장독대를 바라보며 지난 시절을 추억하는 시인은 가슴에 품어놓았던 주옥같은 향수를 꺼내어 자연 속에서 아름답게 꽃을 피운다. 심신이 나약한 사람들의 모습을 보며 이웃 어르신들을 내 부모처럼 보살피고 싶은 심성으로 현재 청주 주간 보호 센터에서 근무를 하면서 깊은 마음에서 우러나오는 후원을 하고 있으며 어르신들께 색소폰 연주 봉사도 겸하면서 가슴 벅차고 흐뭇한 감동을 주는 이가 이종임 시인이다. 세상을 살아가는 방법은 여러 가지가 있으나 이렇듯 자신보다는 남을 위해 살아가는 착한 마음을 가진 시인의 발자취에 감탄을 금할 수가 없다.

이종임 시인의『너 그거 아니? 』는 우리들 자신에게 묻는 의문문으로 표현한 것 같아 지나온 시간을 새롭게 돌아보는 계기가 되었고 시인 또한 그러했을 것으로 생각해 본다. 세상과 동고동락하면서 자아낸 시는 시를 쓰기에 앞서 인성을 다진 시인의 마음이 고스란히 전달되면서 독자들의 마음에 꿈을 심어줄 것으로 본다.

이종임 시인의 환한 햇살 같은 첫 시집 발간을 축하합니다.

사단법인 세계문학예술작가협회 이사장 임종구

시인의 말

고향집 뒤 안에 아담하게 자리 잡은 우물가 장독대
엄마와의 추억이 흠뻑 담긴 그곳에서
늘 환한 웃음 짓던 어머니는
지금도 반갑게 두 손 내밀며
반겨주실 것만 같습니다.

고향집 뒤 안에서 코스모스 금잔화 해당화 가꾸시며
호미질 하시던 어머니를 늘 그리워하며
한 줄 두 줄 써내려간 일기 같은 넋두리를
혼자만 안고 있던 작은 선물 같은 글을
망설이고 망설이다 세상에 내어 놓습니다.

철없던 유년 시절 엄마를 아프게 했던 매 순간에도
엄마는 늘 잘했다 칭찬하시며 위로해주셨고 함께 웃어주셨지요.
그 모습 그대로 함께 하고 싶어서 엄마가 하늘로 가신지
3년째인 지금 딸내미의 첫 시집 <너 그거 아니? >를
곱고 고우신 엄마께 바치고 싶습니다.

돌아보니 고마운 사람들이 참 많습니다.
이 책을 내기까지 용기를 갖게 해 준
사단법인 세계문학예술작가협회 임종구 이사장님,
이미래 편집장님께 감사합니다.
시집을 낸다하니 제일 처음 응원해 준
우리 딸 아들 남편 가족 모두 감사합니다.

고운 마음을 담은 글로 보답하겠습니다.

시인 이종임

1부 우리들 마음

2부 엄마의 향기

3부 꽃 같은 인생

4부 지금 행복하세요?

1부 우리들 마음

눈이 부시지 않아서
좋다
멋스러워서
좋다

무엇보다
미운 상대를
흘겨봐도
안 들켜서 좋다

그랬구나

말 하지 않으면 아무도 모를 일
말 듣고 나면
그랬구나.
이해하는 상대방 마음.

말 하지 않으면 의혹만 커질 일
말 듣고 나면
그랬구나.
이해하는 우리들 마음.

마음은 그렇게
이해와 오해가 쌓여져 점점 더 커가고,
덧없는 세월 앞에 커다란 나무와 숲이 되어간다.

자연의 소리

귀뚜라미 귀뚤귀뚤
밤 새 울고나면
참 매미들 요란하게
단잠을 깨운다.

귀염둥이 강아지
반갑게 꼬리 치고
까치와 두견새도
목청 높여 노래 부른다

열대야도 폭염도
무색한 산 아래
작은 텃밭,

싱싱한 가지 오이
고추 피망 따다가
고소한 쌈장 찍어
아침밥 먹고 나면,

잠자던 세포들
하나 둘 춤을 추며
상큼한 하루를 시작한다.

중년의 밝은 미소

지난 것을 떠올리며 후회 한들 무엇 하나,
현재에 만족하며 환한 미소 지어 보세.

인생사 일장춘몽 중년이 되고 보니,
일 년이 하루 같이 순식간에 지나가네.

환한 얼굴 밝은 미소로 신이 나게 웃다 보면,
나간 복도 들어오고 하는 일도 잘된다네.

미세먼지 앞을 가려 한 치 앞도 안 보이듯,
우리들의 내일 일은 그 누구도 모른다네.

하루에도 수 십 번씩 손뼉 치며 웃다 보면,
온 몸 가득 혈기 돌아 건강에도 최고라네.

웃는 얼굴 복된 얼굴 예쁜 미소 짓다 보면,
꽃 중년의 멋진 얼굴 젊은이도 부럽잖네.

사람이 좋다

사람이 좋다
그대라서 좋다.

사람과 사람의 만남이
꼭 좋아야 만나는 건 아니다

서로를 알기 전
부대낌이 있어야 만남도 소중하다

서로가 서로를 읽고 알아갈 때
소중한 만남이 오래 지속된다.

사람이 좋다
그대라서 좋다.

자식 사랑

하루 밤 풋 사랑이
이리도 그리울까

긴긴 밤 도란도란
이야기 꽃 웃음 꽃
피워내고 떠나가니,

또
한 동안 허전 하겠다
그리워지겠다.

언제나 보고 싶은
애물단지 자식들,

하룻밤 머문 향기
맡고 또 맡아 보네.

정 들었나봐

앙증맞은 손과 발
쫑긋 세운 두 귀,

코끝엔 네 향기 가득
반짝이는 눈동자 그윽한 표정.

지금 쯤 무얼 하고 있을까?
잠이 들었을까?
오물오물 입 벌려 우유
먹을까?

귀엽고 앙증맞은 너희들과
어느새 정이 들었나봐

자꾸 또 보고 싶다
쓰다듬고 보듬어 주고 싶다.

소꿉친구

이야기 꽃 웃음 꽃
밤새도록 피워 놓고,

곳 곳 마다 흔적 남겨
웃음소리 요란하니,

허전 하고 보고 싶다
그립고 그립구나.

무얼 줘도 아깝잖고
니 것 내 것 구분 없는

어릴 적 내 친구들
곱게 곱게 나이 들어

언제 봐도 건강하게
아프지나 말게나.

각자의 삶 속에서
즐겁고 행복하게
열정 다해 살아가다

여행도 자주하며
다시 만날 그 날까지
환하게 웃고 산다

그래 그럼 됐어

누군가 그리워
창문을 바라보는 건
강아지도 나도 똑같은 생각.

누가 올까 그리며
대문을 바라보는 건
그 사람도 나도 똑같은 생각.

그래 그럼 됐어
똑 같은 생각으로 한 곳을
바라보며 함께 익어가며
그리움을 쌓아 가는 것

그 옛날 엄마가
창문만 바라보며 자식을 기다리듯,
그 사람도 나도 사람이 좋아
이렇게 한 곳을 바라보지.

그래 그럼 됐어
같은 생각 같은 그리움으로
그 곳을 바라보며 같이 가는 거지.

누가 왔나봐
개 짖는 소리
그 사람 문 여는 소리,

그래 이렇게 살면 되는 거지.

선글라스

눈이 부시지 않아서 좋다
멋스러워서 좋다

무엇보다
미운 상대를
흘겨봐도 안 들켜서 좋다

리모델링

새 집을 지으려다
요기조기 고쳐가니,
예쁜 집 완성되어
신기하고 대단하다.

함께 한 일꾼 들
땀 흘려 일 했으니,
각종 약초 듬뿍 넣고
닭백숙 해 드리고,

강아지 풀어 놓고
온 동네 유람 하니
신선이 따로 없고
나라님도 부럽잖네.

한 달을 공 들인
숲속 마을 작은 집,
언제라도 오세요.
버선발로 맞이하리.

너 그거 아니 ?

너 그거 아니?

갑자기 바뀐 환경에
반복되는 일상이
얼마나 지루하고
심통나고 우울했는지,

매일 아침
같은 사람 같은 장소
반복된 작업이 얼마나
숨 막히고 재미없었는지,

너 그거 아니?

정지된 듯 고요한
시골에 놓여진 맘
얼마나 답답하고 아팠는지,

하고픈 것 많은 난
혼자서 엉엉 울기도 했지만
너니까 참은 거야.

정말이야

그곳에
새소리 바람 소리
어느새 정 들어서
아주 살고 싶은 거,

네가 가꾼 나무와
네가 만든 의자와
네가 꾸민 보금자리
아까워서 떠나지 못하는 거.

그 곳에 아주 살까?
너랑 나랑 둘이서

쇼핑

이것도 사고 싶고
저것도 사고 싶은
즐거운 쇼핑.

빨간 신발 파란 지갑
만졌다 놓고 또 만지는
눈이 즐거운 아이 쇼핑.

지갑 사정 뻔히 아니
충동구매 자제 하고
돌아 서는 알뜰 쇼핑.

앞뒤 재지 않고
쇼핑으로 기분 풀던
그 시절 그립다
젊음이 좋았다.

블랙커피

모락모락 피어오른
하얀 연기
그 속에 희미한 네가 보여서

진한 향 음미할 땐
그 향기는 너의 향기 같아.

만지작만지작 컵을 만질 땐
따뜻한 너의 체온이 느껴져서

블랙커피 한잔엔
네 모습 네 향기 너의 체온이
하루 종일 내 곁에서 머물지.

화장

스킨로션 톡톡 찍어
골고루 바르면
기초화장 준비 작업
일 단계 완료.

썬 크림 베이스 펴 바르고
피부를 보호 하면
화사한 기초화장 이 단계 완료.

콤팩트 곱게 묻혀
골고루 바르고 주근깨 기미 보이잖게
살짜기 감춰 주면
기초화장 삼 단계 완료.

두 눈썹 검게 그려
반달 눈썹 만들어
빨간 립스틱 예쁘게 바르면 화사한 화장 마무리 단계.

어머, 너 누구니?

말 꼬리

말에 달린 꼬리표 정말 길더라.
예쁜 꼬리표는 귀엽기도 하지만
말 꼬리는 자르는 게 좋겠어.
아니 그럼
상대방이 화내지 않을까?
말 꼬리 자른다고
에이 그럼
아예 말을 하지 말까?
아니 아니지
말이, 말이 안 되는 건 잘라 줘야지
근데 말이야
말 꼬리 잡히면
참으로 난감 하더라

술

한 잔 술은 약이요
두 잔 술은 우정이며
세 잔 술은 독이라오.

한 잔 술에 우정을 논 하다가
과해 지면 논쟁이 되더이다.
한 잔 술은 기쁨이요
두 잔 술은 감동이요
세 잔 술은 독이 되니
한 잔 술만 즐깁시다.

나도 한잔
너도 한잔
간단히 건배 합시다.

자네도 중년이고
나 또한 중년이니
잦은 술이 걱정이라오.

쇼핑2

꼭 필요 한 것 없어도 둘러보는 재미
답답할 때 한 번 씩 눈요기 하는 즐거움.
그러다 어쩌다 눈에 딱 들어오면,
생각 없이 지르는 나만의 스트레스 해소법.

아줌마들 우르르 떼 지어 몰려들면,
나도 같이 기웃대는 세일 가판대.
돌아 올 땐 보따리 가득
행복도 한 보따리 담아와

화사한 모자
앙증맞은 귀걸이로,
홍매화처럼 환하게 꽃 피우고 싶은
중년의 반란인 걸까?

그 아픈 사랑

사랑할 땐 귀하고
보배롭다가,

이별할 땐 독하고 야박한
사랑 그 아픈 사랑.

사랑할 땐 너 밖에 없고
이별할 땐 너만 원수 되는
사랑 그 아픈 사랑.

사랑할 땐 그윽한 눈빛이
이별할 땐 독한 눈빛 되는
사랑 그 아픈 사랑.

사랑할 땐 목소리 콧소리 되어
애교 철철 흐느적거리다가,

이별할 땐 독설 욕설에
막말 난무하는
사랑 그 아픈 사랑.

그래도 다시 또
그때 그 사랑 그리워
지그시 눈 감고,

한 바탕 웃어넘기는
사랑 그 즐거운 사랑.

직업

직업이 뭐야?
전업주부!

하는 일이 뭐야?
설거지 빨래 청소!

직업은 직업인데
보수도 없어

당당하게 전업주부
할 수 있게

월급도 주고
상여금도 줘봐!

새벽

어둠이 서서히 사라진다.
자동차 소리 간간히 들려온다.

아파트 현관문 닫는 소리
요란하다
먼 길로 출근을 하나보다

알람소리 요란하여
잠든 사자를 깨운다.
부스스 눈 비비며 스마트 폰을 켠다.

가물대는 글자를 꿰어 맞춰
댓글을 달아본다.
저 멀리 사이렌 소리 요란하다

어디서 또 사고라도 났는가보다

기쁜 소식만 기다리며
아침을 준비한다.

마음만 청춘

마음은 청춘인데 몸은 중년
마음은 10대인데 몸은 50대
마음은 수지인데 몸은 90이다

마음만 앞서서 청춘처럼
잘 난체 하다 주저앉은 저질체력

중년답게 적당히 운동하고
적당히 일도 해야지

잘한다 젊어 보인다 하니
정말로 청춘인줄 알고

옷차림도 몸매도
청춘을 따르려다
나 오늘 사흘째 누워
젊음을 회복중이다

수고 했어

예서제서
호소하는 몸과 마음에게
조금만 쉬었다 가라 수신호를 보냈어.

앞만 보고 달렸으니
수고한 다리도 수고한 몸도
수고한 마음에도
쓰다듬고 주물러 애정을 쏟아보고

반백년을 수고해준 몸
반백년을 수고해준 마음

병원비가 밀린 사용료라면
이치대로 순리대로 받아 들여야지

그동안 밀린 사용료 지불 할 테니
적당한 선에서 몸과 마음 고쳐주고 싶다

일개미

일렁이는 술잔소리
심장 울리는 소리

하루의 고통 녹여
비워지는 유리잔

벌게진 눈동자
몽롱한 머릿속

토끼 같은 자식
여우같은 아내
미소 짓는다

한잔 술 빈 발자국
허공을 디디고

헝클어진 머리로
여왕벌을 찾아간다.

남겨둔 탁자 위 술잔엔
일개미들 삶이
묻어있다
강아지도 제집에서
말을 잃어가고

석강

물보라 일렁이는
조용한 강바닥

자갈 가족이 살아간다.
올망졸망 올망졸망

소박한 저녁상

돌들의 잔치에
별들도 쉬어간다

장마 때 몰려오고
장마 때 또 떠나가고

오늘도 저녁상엔
별들이 가득하다

낙엽

마대자루 한 가득 담긴 쓰레기
엊그제 화려한 단풍인줄 아무도 몰랐어.

자연 닮은 우리 삶
청춘일 땐 화려하나 나이드니 칙칙해

고운 옷도 한때
고운 입도 한때
이젠 가야 하는데

좋은 일 많이 하고
좋은 곳 많이 가고
기쁜 일 함께 나누었는지

타박타박 걸어온 길
갈바람에 낙엽 되어
온 세상을 맴도는데

이길 끝이 어드멘고
갈 때까지 가봐야지

왔던 길을 다시가면
내님 소식 알려줄까

타박타박 다시 갈길
단풍 길이 안내하네.

이 쯤 되면

이 쯤 되면
마음 한 자리 쌓아 둔 보따리
하나씩 풀어 봐야지

근심 걱정 체면 아집 고집 시기 질투의 보따리
그 중에 넌 어떤 걸 제일 먼저 풀어 볼 건데

이 쯤 되었는데
뭘 그리 움켜쥐고 감추는가?

숨겨둔 보따리 떡 하니 풀고서
짐꾼 머슴살이 이제 그만하자

보따리 풀어놓고 서로를 위로하자
우리 가장 낮은 곳에서 손 한번 잡아보자

2부 엄마의 향기

햇살이 눈부시게 빛나는
가을이 깊어지면,

가을 뜨락
댓돌 위
엄마 신발
그립다

엄마 목소리 듣고 싶다.

생일

그립고 그립구나 엄마 얼굴 엄마 내음
보고파 보고파서 하늘을 바라보니
먹구름 심술부려 엄마 얼굴 안 보이네.

미역국 끓여 놓고 참기름 뿌려 보니
아득한 엄마내음 방안 가득 퍼져가네.

열 달을 보호 받다 세상 밖에 나온 날
얼마나 아팠을까 엄마 고통 느껴진다.

곳곳의 생일 축하 감사하고 감사해도
미역국은 먹었느냐 엄마 정성에 비할까.

생전의 엄마 모습 그립고 그리워서
기쁨의 생일 파티 나 혼자 숨어 우네
그립고 그립구나 엄마 얼굴 엄마 내음.

겨울비

쓸쓸한 빗소리
동지섣달 긴긴밤 바느질 하시던
엄마의 뒷모습에 머물러

시린 눈물 시린 가슴
이 비 그치면
추위도 성큼 문 앞에서 떨고 있겠지?

김장독 가득가득 배추김치
무김치 동치미 채워놓고
겨울채비 꼼꼼히 해놓으시고
긴긴 겨울밤 잠 못 이룰 때
재봉틀 밟으시며

베갯잇 곱게
만드시던 어머니

사랑이 깊어가네

집 떠나 공부하는 자식이 따뜻하게
잘 있는지 매 끼니마다
따뜻한 밥은 잘 챙겨먹는지
늘 걱정 하시던 어머니

추운 겨울 따뜻하게 잘 이겨내라고
두툼한 이불 만들어
윗목에 차곡차곡 쌓아놓고
기다리던 어머니

문풍지 펄럭이며 바람이 불고가면
행여나 자식일까
확인하는 어머니

그립고 보고 싶다
찬바람 불어대면
어미의 인기척일까 귀를 기울인다.

가을 햇살 머무는 곳에

벼 타작 콩 타작
타작마당 한 가득
나락들 쌓이면,

서녘 하늘 가을 햇살
붉은 노을 되어
작별 인사 건네고,

집집마다 굴뚝 연기
꾸역꾸역 피어오르면,

구수한 보리밥에
된장찌개 끓여 놓고
엄마는 큰 소리로 자식을
부르신다.

가을이 부르는 그리움

사금파리 하나면
소꼽놀이 공기놀이
놀이 기구 필요 없던
작은 아씨들,

엄마 목소리 반가워
공깃돌 버려둔 채
줄달음에 달려가고,

넓은 마당 곳곳엔
공깃돌만 쓸쓸히
내일을 기다린다.
함께 놀던 숙이는
어느 새 할머니 다 되었나?

목청 높여 부르시던
엄마 목소리
다시는 못 오실
산 능성 메아리로 남아 있다.

엄마의 향기

엄마가 심어 놓은
금잔화 백일홍 국화 향긴
여전히 뜨락에 그윽한데

함께 웃던 웃음소리
다정히 부르시던
엄마 목소린,

바람 타고 오시려나?
구름 타고 오시려나?

햇살이 눈부시게 빛나는
가을이 깊어지면,

가을 뜨락 댓돌 위
엄마 신발 그립다
엄마 목소리 듣고 싶다.

한가위

부모님이 사 주신
고운 옷 차려 입고
설레었던 추석 명절,
아무것도 모르고
그저 마냥 좋기만 했었는데,

어른이 되고 보니
몸도 맘도 무겁기만 한
명절 증후군.

무엇부터 시작하나
음식은 어찌 하나
한숨 먼저 쉬게 되는 명절 트라우마,

갖가지 음식 만들며
온 가족 둘러 앉아
시끌벅적 했던 어머님 세대엔,
힘든 내색 하나 없이
묵묵히 해 내셨는데,
조금만 힘이 들면 아프다 징징대며
드러눕기 일쑤인 약한 우리들.

전화 한 통하면
제사 음식 척척 배달되니,
몸은 편하지만
엄마 손 맛 찾아보기 힘들고,

보름달 되어
환하게 찾아오신 어머님 얼굴엔,
그래도 대견하다
환한 미소로 칭찬 하신다.

그 곳에 가면

초록이 무성한
싱그런 유월의 여름날,

아담한 집 한 채
구석구석 예쁘게 가꾸다
문득 떠 오른 엄마 손길.

다듬고 쓸고 꾸미다가
등 굽은 엄마모습 투영돼
멍하니 앞 산 바라본다.

여름날 몹시도 바빴던 엄마는
시원한 정자나무 그늘에서
한 번도 평안히 누워
수염하지 못하셨다.

정자나무 아래서

옛 추억 가득한
어릴 적 엄마 품 같아서
넉넉하고 평온하다.

베어낸 풀밭엔
고향 내음 엄마 내음
진득하게 배어 있어,

숨을 쉴 때마다
엄마 품에 안긴 듯,
엄마가 그리운 날
정자나무도
그립고 보고 싶다.

비가 내리네

빗물이 눈물 되어
마음 샘 깊은 골짜기에
고여 듭니다.

가까이 할 수도 만날 수도 없는
당신을 가슴에 담아 두고,

내리는 빗물에
흐르는 눈물에
씻겨 지길 바랍니다.
빗소리 더욱 요란하여
아픈 내 마음 시린 내 눈물 들키지 않게,

촉촉이 젖어든 눈물에 그대가 투영될까
흐르는 눈물 닦지 않고 그대를 기다립니다.

고요한 휴일저녁
차분히 내리는 빗소리에
그대가 더욱 그리운 건,

다시 못 올 먼 곳으로
소풍 떠난 당신이 너무나
보고 싶기 때문이지요.

어르신 소풍 날

빨강 풍선 노랑 풍선
하늘높이 띄우고
설레며 기뻐하던 어린 시절,

그 곳에 함께하던 엄마는 아니어도
또 하나의 엄마를 얻은 날
아빠를 모신 날.

행여나
넘어질까 다칠까 조심조심
두 손 꼭 잡고
바람 따라 꽃길 따라 담소 나눈 날.

회상

호탕한 함박웃음
옛 노래 흥에 취해
아이처럼 부르시던 고향노래
아버지 노래.

그립고 그리운 아버지는 안 계셔도
또 하나의 아버지를 얻은 날
고향무정 듣던 날.

코스모스 꽃길 따라
엄마 손 꼭 잡고 장에 갔던 그 날도
오늘처럼 깔깔대며 웃었겠지?
어리광 부렸겠지?
보고픈 엄마 아빠 하늘에서 보시나요?

또 하나의 엄마와
또 하나의 아빠와
기뻐하는 딸 모습을.

자화상

감기몸살 이겨내랴
헬쓱해진 얼굴 동그란 눈
앓고 난 후유증
날씬이 되었으니
영문 모를 지인들
예뻐졌다 부러워하겠지

서리 맞은 배추처럼
땀범벅에 지친 줄 모르고

어른 아이

겉보기엔 점잖은데
가끔씩 큰 소리로 주변사람 놀래키는
막무가내 어른 아이
말 안 듣는 미운 아이.

티비를 볼 때면 호탕하게 웃다가도
느닷없이 큰 소리로 언성을 높이는
그 누구도 못 말리는 말 안 듣는
세 살배기 성인 아이 짓궂은 개구쟁이.

하루에도 몇 번씩 심장소리 요란하여
진정하고 달래가며 두 눈을 맞춰 보니
지나온 삶의 깊이 애잔하게 느껴져서
안쓰럽고 안타깝다 가슴이 저려온다.

어른 아이2

조곤조곤 속삭이면 아이처럼 미소 지며
귓속말로 화답하는 장난스런 어른아이
해맑은 웃음 뒤에 커다란 목청 속엔
무엇이 숨겨졌나 해맑은 치매환자.

우주여행 성공해도 완치 방법 없다 하니
미래의 우리 모습 서글프고 서글프다.
그럼에도 사랑스런 미소 속에
또 하루가 기대되고 보고 싶은 어른 아이.

간밤에 아무 일도 없었는지
고운 꿈은 꾸셨는지
매일 아침 걱정되는
어르신, 나의 어른 아이.

고독한 노후

오지 않는 자식들 먼 산보며 기다리고

남의 수발 받는 외로운 어르신들

오로지 가족위해 90평생 사셨으니

남 앞에 마음 열기 너무나도 힘이 들다

먹는 것도 웃는 것도 자식 있어 신이 나지

영혼 없는 헛웃음엔 오메 불망 자식생각.

명절 설거지

산처럼 쌓인 그릇
우당탕 소리내어 씻으면,

엄마는 옆에 와
귓속말로 물으셨지
너 화난 건 아니지?

스텐그릇 사기그릇
퐁퐁에 문질러
조심히 다루다가,

또 다시 우장창
소리 나면,

언니가 놀라며
귓속말로 물었지
너 그릇 깬 건 아니지?

요란한 그릇

산처럼 쌓인 그릇
또 한 번 우장창 소리 나면,

조용히 티비 보시던
아버지 한 말씀 하신다.

막내야 힘들면 쉬어라
괜스레 그릇 닦다 화날라!

아니예요 아니예요
힘든 게 아니예요,

그릇끼리 부딪쳐
소리만 요란한 것 뿐 이예요.

친정집

잔잔한 산 능성
병풍처럼 에워싼 아늑한 그곳.

어머니가 터 잡고 아버지가
계셨던 흙 내음 물씬 나는 곳.

구석구석 부모님 흔적
향기남아 숨 쉬고 있는 곳.

나즈막한 음성 환한 미소
어눌한 걸음으로 내 이름
부를 것만 같은 아버지.

뒷동산 나무가 되어 오셨을까?
저 하늘의 뭉게구름 되어 오셨을까?

생전에 부모님 모습 그리워
집안을 서성이다 앞산 바라보니

굽이진 산 능성 골짜기엔
부모님 잔영이 선명하다.

보고 싶은 어머니

주름진 손 굽은 허리로
김이 모락모락 나는
두부를 손수 만드셨던 어머니.

수수쌀 엿기름 활활 타는 장작불에
수 시간 고아 만든 조청에
한과를 직접 만드셨던 어머니.

밀가루 반죽 한 양푼
찰지게하여 손수 만든 만두소에
밤새 만두를 빚으시던 어머니.

온 식구 모여 다식을 예쁘게 박아내며
힘든 줄 모르고 즐거워했던 설 명절,

종갓집 맏 며느리 숱하게 일도 많아
백발에 구분 허리로 십여 년을 병상에서
누워만 계셨던 나의 어머니.

이제 와 고백합니다.
어머니 정말 사랑합니다.

눈물이 나

음악을 듣다가도
길을 걷다가도
눈물이 흐른다.

운전을 하다가도
목적지 없는 질주를 하다가도
눈물이 흐른다.

텅 빈 운동장
허허로운 벌판에선
그 시절이 그립고
촌노의 구부정한 모습에선
아버지가 그립다

겨울밤 시린 달빛엔
엄마가 보여질까
이유 없이 눈물만 흐른다.

그냥

기제사

내일 기제사엔
하늘에서 오시겠다.

한줌 재 되어 도자기에 담긴 엄마

영정사진 속에서
하얀 이 드러내고 웃는다.

일 년 만에 오셔서
좋아하던 도토리묵 드실 수 있으려나

곱게 저어 정성을 다해본다
봄 길에 다시 보는
풀싹 같은 어머니

베갯잇

광목천처럼 낡아
녹녹치 않은 세월에
엄마 땀 냄새 살 냄새 배어있다

주신 사랑 크기
내 팔이 모자라

베개 베고 누으면
엄마의 고운 향기
문밖까지 연연하구나.

뽀얀 얼굴

하늘이 파랗기에
가을이라 그런 줄 알았더니
내 마음이 시려서 그랬나 봐

참으로 오래 산다 하셨던
한 서린 엄마의 얼굴이
하얀 달빛에 비추인다.

온 가족이 모인 자리에
빈자리가 덩그러니
뽀얀 얼굴 하나 그려낸다.

아마도
엄마는 뽀얀 낮달이 되어
우리 곁에 오셨나 봐

빨래터

냇가에 옹기종기 빨래했던
엄마와 옆집 아줌마,

무슨 얘길 그렇게
도란도란 하셨을까?

시 어머니 남편 자식들에
받았던 스트레스를
빨래터에 모두 털어 내셨을까?

부끄러운 줄 모르고
위통 벗고 물장구 쳤던 개구쟁이들,

엄마들 방망이 소리가
왜 요란 했는지
아무것도 모르고 깔깔댔던 빨래터.

아마도 우리들의 엄마는
빨래터 방망이질로
세상 시름 모두 다
냇물에 흘려보내셨겠지?

산더미 같은 빨래
세탁기 하나면 다 되는 편리한 요즘,

가끔씩 빨랫감 벅벅 문질러

펑펑 방망이질 하고플 때 참 많다.

빨래터 엄마처럼
빨랫감 벅벅 문지르며
속 시원히 방망이질 하고플 땐,

이렇게 조용히 글을 쓰며 화를 삭인다.

곶감

달큼한 속살 보호하려고
강한 햇빛 이겨내어
두꺼운 주름 만들었겠지

엄마 손등 거친 주름 같아
자꾸 만지작거린다.

따스한 엄마체온 전해져
놓기 싫은 작은 우주

속살에 감춰진 추억
남 몰래 속삭이는
사랑의 추억보다
훨씬 더 아름답다

작은 우주 속에
가득 담긴
유년의 그리움

자식위한
달콤한 사랑
입 안 가득 퍼져간다

추석맞이

온가족이 모여 정을 나눴으니
몸도 마음도 보름달을 닮아
넉넉해지는 날

이곳저곳 방방이 모인가족
떠난 님 옛님 마음으로 기리며
그리움 삭히는 날

먼 길 달려왔다 돌아가는
손 마다 부모님이 싸 주신
갖가지 음식에 깊은 정을 느끼는 날

일터로 삶의 터전으로
또 다시 자동차 페달을 밟고
둥근달 보름달이 인도 하는 대로
기쁨 감사로 돌아가는 날

부디 부디 행복하고 즐거운
추석날 되시고 하는 일 마다
좋은 일 있기를 바라는 날

3부 꽃 같은 인생

키 큰 오빠,
언니 꽃 그늘에서
꽃샘바람 이겨내고
말없이 피워낸 키 작은 야생화.

얌전히 담아다가
세상구경
시켜 줄게

예쁜 얼굴 보여주며
너의 자태 자랑할게.

새싹

얼었던 땅 위로
뾰족이 내민 얼굴,

세찬 바람 이겨낸
새색시 얼굴 인양
수줍게 웃는다.

마른 풀에 숨겨져
빼꼼히 내민 얼굴

봄 마중 나왔는데
누가 널 시샘할까

꽃들의 행진

바람이 질투하니
꽃들이 놀라고,

놀란 꽃 떨어지니
바람이 웃는다.

해님은 언제쯤
바람의 질투를 말리려나,

구름에 가려진 햇빛
환하게 비춰 줬으면,

추운 바람도
이제 좀 멈춰 줬으면,

올망졸망 크고 작은
봄꽃들이 피어날 것을

야생화

보아주지 않았는데,
만져주지 않았는데
수줍은 고운 자태
다소곳이 피워내네

커다란 나무 밑에
숨어 있는 여린얼굴
가만히 만져주니
미소 짓는 귀염둥이

키 큰 오빠,
언니 꽃그늘에서
꽃샘 바람 이겨내고
말없이 피워낸 키 작은 야생화.

얌전히 담아다가
세상구경 시켜 줄게
예쁜 얼굴 보여주며
너의 자태 자랑할게.

꽃잎

비에 젖은 꽃잎
바람에 떨어지면
내 마음 덩달아
바람에 흔들립니다.

겨우내 모진 바람
이겨 내고 이제 겨우
꽃봉오리 터뜨렸다네.
여리고 새침한 연초록 어린잎아
바람 따라 비에 젖어도 우지 마라

가슴 가득 품었던 꽃송이
풍성하게 피워낼 수 있게

수선화

노오란 꽃봉오리
수줍게 피어내고
초록 주름치마
바람에 살랑대며 봄을 부른다.

새촘히 고개 숙인
빨강 노랑 꽃잎들

해님이 살며시
사랑을 속삭이면

누가 볼까 몰래
입맞춤 하고
꽃물결 리듬 맞춰
탱고 춤을 춘다.

봄맞이

꽃 피면 찾아오는
그리운 사랑하나

아지랑이 틈새로
몽글몽글 피어나고,

홍매화 진달래
새아씨 얼굴 마냥
발갛게 피어나면,

노란 개나리 활짝 핀 뜨락에도
따스한 햇살 안고
봄 향기가 머문다.

봄바람

귀밑머리 휘날리던
새침한 아낙
화사한 옷차림
실크 스카프로 한껏 멋을 부리고
뾰족 구두 따닥따닥
실룩 대는 엉덩이 미소 짓누나.

뽀얀 젖가슴
통통한 볼 살
살랑대는 봄바람이 애무하면
새침한 듯 내숭떠는 아낙
발걸음도 가볍구나.

바람아 멈추어라
봄바람아 멈추어라
실룩대는 엉덩이
갈 길 몰라 헤맨다.

봄바람 꽃바람에
애꿎은 아낙들
사내 가슴 헤 집을까 두렵구나.

오늘도 어제처럼

꽃들의 향연들이 코끝을 자극하니
즐거운 웃음소리 바람 되어 날아가고
화사한 꽃 내음에 신이 난 아낙네들
수다소리 리듬 맞춰 호탕하게 웃어 봐요

봄바람 살랑일 때 누군가 불러주면
진심으로 고마워서 반갑게 만나보고,
꽃바람 봄바람에 옛 생각 떠오르면
지그시 두 눈 감고 추억여행 떠나 봐요

무거운 짐일랑은 잠시 잠깐 내려놓고,
자식 걱정 돈 걱정도 살짜기 내려놓고
따뜻한 봄 햇살에 몸과 맘 맡겨보고,
꽃 내음 봄 내음에 온 몸을 샤워해요

인생이 그렇게 길 것 같아도
잠시 잠간 왔다 가는 바람 같은 인생이니
자연에서 태어난 몸 자연처럼 온화하게
목젖이 보이도록 더 크게 웃어 봐요

여유

앞 만 보고 걸어가다
바라본 하늘

고개 드니
파란 도화지 넓디넓다

색색의 물감 마음대로 섞어
동화 속 공주도 그려보고
궁전도 그려본다
시간에 쫓긴 새 한 마리
파란 하늘 구름위에 날개를 편다

가끔씩 내려와 쉬는
산도 바다도 새롭다

키다리 멋쟁이

아기새싹 수줍게 피어나
봄맞이 나왔던 키 작은 소녀

여름날 땡볕을 친구삼아
화려하게 피어난 노오란 얼굴

해님만 기다리며
도도히 서 있던 키 큰 멋쟁이
어느새 고개 숙인
겸손한 숙녀가 되었네

가을날 햇볕에 그을린
노오란 얼굴엔
알알이 영근 열매를 가득 담고
고소한 향기를 품고 있다

발자국 그림

꽃가루 흩날리니
괜스레 좋다

소복이 쌓여가는
꽃눈 속에 가을이 잠든다.

살며시 발자국 내어본다
꽃눈이 아플까봐
살포시 두발을 올려본다

어디까지 갈까
예쁜 발자국 그림이
되어간다

그래서 참는거야

말 없이 고개 숙인
흙담 밑 흐드러진 들꽃

보아 주지 않아도
만져 주지 않아도

발자욱 소리 들으며
살며시 피워냈건만,

어느새 봄에 핀 희망의 새싹이
노오란 낙엽 되어 길 위를 헤맨다.

가을엔 떨어지는 낙엽이어도,
바람 따라 자유로이 뒹굴 수 있기에
그래서 참는 거야.

흥분 또 설렘

몇 시간을 헤맸을까?
이것도 산삼 같고
저것도 산삼 같고
연초록 예쁜 잎이 유혹을 한다.

두 눈은 아파오고 머리도 핑그르르
잎도 줄기도 비슷한 오가피
놀란 가슴 또 한 번 철렁 거린다.

이산 저산 자리 옮겨
자세히 관찰하는 심마니의 발걸음

얼마만큼 걸었을까
짜릿한 느낌에 고개 돌리니,
날 보고 웃어주는
삼지 오엽 초록잎 산삼.

설레고 떨리고 흥분 되어
온 몸 세포들 요동치며
잠에서 깨어난다.

엉겅퀴

끈적한 보자기에
오롯이 숨어있는 보랏빛 솜털,
예쁜 꽃 보호하랴
가시로 무장한 널 감히 누가 꺾으랴!

찐득한 줄기에 살포시 손을 대어
꺾으려다 말고 가지런히 놓아둔다.
억센 잎 억센 가지
곱게 피워낸 솜털 같은 보라꽃

화려한 외모 보다
내면이 알곡진 널 바라보며
네 안에 간직한 무수한 매력에 빠진다.

코끝에 남겨진 너의 향기로
또 한 동안 행복하겠다.
또 한 동안 평안하겠다.

첫눈

처음으로 내리는 것
처음으로 보는 것

처음으로 밟아 보는 것
처음으로 만져 보는 것

첫 사랑을 떠오르게 하며
그 시절 그리운 것

그렇게 또
겨울이 시작 되고
추위도 시작 되었다.

첫눈이 소복이 쌓인 올 겨울엔
너무 춥지도
너무 쓸쓸 하지도
또 너무
황량 하지도 않았으면 좋겠다.

손님

누구일까
문풍지 틈새로 차갑게
스며드는 이

겨울 문턱 넘는 바람
벌거벗은 나무들
한 동안 또 웅크리겠다.

볏 가마와 갖가지 과일
창고에 쌓아주고 말없이 가던
가을이 뒷모습을 들키고 말았다

포장마차 그녀

무엇이 힘들어
중독이 되었을까
삶의 무게가
그리도 무거웠을까

어쩌자고 술병 안고
세상 것 모두 버린 채
비틀 대며 헛웃음 웃고 있을까

어쩌자고
술병에 담배물고 비틀거리며
초점 잃은 붉은 눈으로
술잔만 기울일까

여인이여
그대는
붉은 동백꽃이 되어도 좋겠소.

널 보내고

더 많이 웃고
더 많이 먹고
더 많이 즐거웠어.

그러나
혼자일 땐 더 많이 울었어.

눈 속에서 피어난
복수초처럼

또닥또닥 토독 톡

또닥또닥 토독 톡
앙증맞은 너의 알몸에
매일새벽 엄지손가락
토독톡 조심스레 애무를 하면
또닥또닥 톡톡
간간히 들려오는 신음소리와
몇 시간을 견디며 나와함께
한 몸이 되어가지

점점 더 현란하게 애무를 하고나면
안타깝게 고갈된 너의 에너지
또닥또닥 스르륵
귀여운 네 얼굴

잔잔히 잠이 들 때면
다시 깨워
짓궂게 토독톡 장난을 걸어도
투정 없이 귀엽게 받아주는
나의 사랑
나의 분신
나의 스마트폰

중독된 산행

가쁜 숨 몰아쉬며 쉬어가길 수십 번
삶의 무게만큼 무거운 배낭과 등산화
훌훌 벗고 주저앉고 싶다가도
다시 또 정상을 향한다.

끈적끈적하게 뿜어낸 땀방울엔
하루의 수고가 배어 있고
인생의 삶 줄기는 굽이굽이
돌고 돌아 어느덧 6부 능선쯤에서
몰아쉬던 가쁜 숨을 고른다.

정상이 보일 즈음
헐떡이던 심장이
누운 하늘과 마주보고
정상위에 떠돌던 구름은
바람과 생을 이야기 한다

국화

향기가 곱다
색도 곱다
노랑물감 뿌려놓은 듯이

잣 이오

먹기에 좋았으나
보기에 좋았으나
까기엔 힘이 들었어

하루 반나절 씨름하여
알몸 되기까지
참으로 질긴 몸
거친 옷가지가 벗겨지지 않더라

손톱엔 청색물 들었어도
하얀 쌀밥위에 알몸으로
던져질 고명

한 동안 또 파근파근한 너와
한 몸이 되겠구나

봄바람 꽃바람

빗길에 뒹굴며
헤매는 낙엽,

집 떠나 방황하는
외로운 나그넨가.

엊그제 꽃 소식
문 앞까지 왔건만,

찬바람 눈 꽃송이
이 무슨 훼방인가.

온 종일 진눈개비
차갑게 흔들면,

나그네 외로움은
갈길 몰라 헤맨다네.

어여가라 꽃샘추위
이제 그만 물러가라,

그 만큼 시샘 했으면
할 만큼 했으니까.

어서 봄이 왔으면

뿌옇고 검은 먼지 앞을 가리니
낮인 듯 저녁이고 저녁인 듯 낮이다

습한 공기 목구멍 파고드니
기분도 가라앉고 몸도 무겁다

한치 앞도 볼 수 없는 눈동자
더 크게 떠 보느라 눈알도 뻑뻑하다

거북이 운전 곡예 운전
윈도 브러시 연신 돌려 보지만
뿌연 먼지 그대로 답답하기 그지없다

상큼한 날씨 언제쯤 돌아올까
봄이 되면 꽃바람에 실려 올까
그리운 해님 내 마음 알고 있나

차갑고 무거운 날씨 지루해
이제 그만 봄이 왔으면

잃어버린 장갑

안녕 잘 가라
이제 정말 보내주마

함께 해온 시간 아쉽지만
소중한 물건이지만

내 곁을 떠났으니
누군가 잘 쓰겠지

한 동안 따뜻하게
시린 손 보호 받겠지

이제다시 찾지 않으마.
차갑게 시린 손

어디선가 포근히
감싸줄 수 있다면

아까워도 마음 편히
널 보낼 수 있으리

바람아

형형색색 화려한 옷 벗고
알몸으로 서 있는 겨울나무
밤새 쌓인 눈송이가
가지마다 새 옷을 입혔다

부끄러운 알몸
또 보일까 두려워
파르르 떨고 있는
나뭇가지들

가지마다 입힌 옷
다시 벗겨질까 두렵다
바람아 멈추어 다오

첫눈 내리는 날

첫 눈 오면 만나자던
막연한 약속 손가락 걸었지

흩날리는 하얀 꽃송이 가슴 설렌다.

아련한 추억
너와나의 웃음 허공에서 웃는다.

어디선가 아들 딸 낳고
잘 있겠지 아프진 않겠지

안부라도 묻고 싶어
첫 눈이 반가운데
떨어지는 꽃송이 손바닥에
몰래 감춘다.

어느새 녹아버린
하얀 꽃 너처럼 부드러워
아쉬운 주먹만 쥐었다 놓는다

4부 지금 행복하세요?

행복해~~
말하는 순간 행복해지는
주문 같은 것

마음의 주문을
매일 되 뇌이고 살아봐

지금 행복하니?

바람이 달달합니다

찐득하고 습한 바람 저 멀리 날아가니
달달한 갈바람이 코끝을 애무하고,
비 그친 자연의 달콤한 바람은
폭염에 지쳤던 몸과 마음에 쉼터가 됩니다.

길동무 벗 삼아 여행길 떠나보니
빛바랜 사진 속 옛 동무 생각나고,
두둥실 구름에 친구 얼굴 그려보며
바람소리 리듬 맞춰 흥겹게 노래 부릅니다.

미처 씻어내지 못한 여름날
지친 땀방울 하나 남아 있다면
초가을 달달한 바람에 씻어 보내고
뽀송한 몸과 마음으로 상큼하게 달려갑니다.

낙엽

바스락 소리 내면
들킬까봐
빗물에 숨 죽여 눈물 훔치고,

또 한 잎 후드득
바람에 떨궈 지면
소리 낼까
조용히 빗물에 흘려보냈지.

고독에 쌓인 사연
옷이라도 화려하게
마음을 감췄는데,

이도 저도 말 못하니
발자국 소리만
바스락 소리만 요란하다

오대산 월정사

젊음의 추억이 예쁘게 그려진
산 좋고 물 좋은 오대산
강산이 두 번 변한
중년이 되어서야 재회를 했다네.

젊음을 함께 나눈 친구들은 아니지만
사랑 나눔 봉사회와 함께 하니
기쁨 두 배 행복도 두 배였지.

젊은 시절 깔깔 대던 웃음소리 좋았다면,
투박하고 후덕한 웃음소린 여유 있어 좋았다네.
예쁜 포즈 취해보고 미소도 지어보아도
두둑한 뱃살은 감출수가 없었지.

요란한 리듬과 현란한 춤사위로
일상의 희로애락이 땀과 함께 녹아내릴 때,
묵묵히 달리던 관광버스
깜찍한 일탈로 방전됐던 에너지 충전한다.

내일 또 오대산 월정사엔,
명랑한 웃음소리
메아리 되어 퍼지겠지?

널 보며

달콤한 바람이 흔들고 간
널 보며
고개 숙여 미소 짓는 널 보며
가을이 왔구나.
혼자 읊조린다.

야하게 화려하지도
드러나지도 않으면서
단아하고 가녀린 몸
살랑대는 가을꽃

널 보며
가을이 왔구나.
내 마음도 설렌다.

바람이 달다

찐득하고 습한 바람 저 멀리 날아가니
달달한 바람 코끝을 애무하고
비 그친 자연의 달콤한 바람은
폭염에 지쳤던 몸과 맘에 쉼터가 된다.

길동무 벗 삼아 여행길 떠나보니
빛바랜 흑백 사진 속 옛 동무 생각나고
두둥실 구름에 친구인양 얼굴을 그려 본다

달달한 바람소린 입술의 노래되어
초가을 순풍에 메아리로 띄워 본다.

새벽

가을의 전령사
귀뚜라미 목청 높여 울어대고,
물안개 스멀스멀
피어오르니,

빗물에 스러진
들깻잎 부스스 고개를 든다.

우렁찬 빗소리에
작년처럼 피해는 없는지
염려하는 마음엔,

간밤의 평안을 알리듯
저 멀리 십자가 불빛
유난히 반짝이고,

비 그친 새벽의 평화가
아무 일 없는 듯
조용히 제 자리 지켜 낸
앞산도 숲도 나무도
꽃도 풀도 자랑스레 서 있다.

등산길

새소리 물소리 리듬 맞춰
즐겁게 오르는 매일의 산행.

처음 만난 사람에게
안녕하며 인사 나눌 때,

뻐꾸기 참새 딱따구리
요란하게 지저귀며 친구 하잔다.

땀에 젖은 귀밑머리
달콤한 바람이 애무할 땐,

세상 속 복잡한 일들
저 멀리 구름타고 날아간다.

봉곳한 정상에 수고한
몸과 마음 내려놓고
긴 한숨 쉬고나면,

발 아래 펼쳐진 빌딩 숲엔
갖 가지 사연 싫은
삶의 에너지가 넘쳐난다.

별 헤는 밤

캄캄한 밤하늘
별 하나 별 둘
사랑을 속삭이고,

저 별에 새겨진
수많은 친구들
날 보며 손짓한다.

별을 헤아리며
나누었던 우리사랑,

별을 헤아리며
미소 짓던 우리들 우정,

수많은
별들 속에
빛나는 별 하나,

그 별은 빛나는
우리들 짜릿했던 사랑
저 별이 되새긴다.

대학병원

어디서 온 걸까
수많은 환자들,

어디가 아픈 걸까
초췌한 얼굴들,

아픈 이 슬픈 이
뒤 섞인 대학 병원,

오가는 발걸음
무겁고 둔탁하다.

상냥한 간호사
혈압 재기 바쁘고

환자들 아이처럼
보채고 또 보채면

의사의 한 마디에
안도의 한숨 짖고
긴 숙면을 취한다.

글 놀이

시를 쓴다는 건
그날그날의 일기를 쓰듯
낱말을 엮어가는
즐거운 글 놀이.

시를 쓴다는 건
마음이 시키는 대로
마음에서 우러나는 대로
소리 없는 말을 토해내는
한숨 같은 것.

아름다운 단어가 모여 모여서
수북이 쌓여가는
예쁜 말의 쉼터가
시를 쓰는 마음 쉼터가 되듯,

있는 그 자리에서
조용히 사색할 수 있는
혼자만의 글 놀이는
나만의 희열 이지요.

철없던 사랑

가슴 깊이 고이 숨긴
사랑 하나 미움 하나.

바람에 굴러가는 낙엽만 보고도
까르르 웃어 대던 사춘기 여고시절,

공부는 뒷전이고
연애편지 주고받던
철없던 학창시절.

엄마 먼저 개봉한 연애편지
쑥스럽고 부끄러워 발버둥을 쳤었지.

까까머리 남학생 찾아가서
야단치며 하시던 말씀,

공부해야 대학 가지
편지질에 연애질이 웬 말이냐
야단을 쳐 보지만,

대학 가서 만날 테니
허락해 달라고 고집 피며
매달리던 남학생.

예비고사 낙점하고
대학도 낙방하고

일찌감치 사업에 성공하여,
지금은 귀농해서
사과 농사 배 농사
과수 전문가 되었다네.

첫 사랑 그 놈

첫 사랑 고운 임
가슴에 묻어 둔 지
삼십년이 흘렀건만,

사는 게 어려워서
고개고개 넘을 때면
간간이 생각나는
첫 사랑 그 놈

가끔은 이별이 아쉬워
후회도 해 보지만,
어떤 놈 별 수 있나
체념으로 한숨짓고,

첫 사랑 그 놈은
마누라한테 잘 할랑 가
싱겁게 웃는다.
참나

마음의 소리

기다림은 늘 가슴에
파문을 일으키는 설렘.

설렘은 내가
살아 숨 쉬는 마음의 신호등.

신호등은 내가
어떻게 가야만 하는지
지켜주는 등불.

등불은 내가
들여다 볼 수없는 곳까지
비춰주는 거울.

거울은 나를
가장 잘 표현해 주는
마음.

마음엔 나와
두 마음이 옥신각신.

오늘 그 마음자리에선
어떤 마음이 이길지,
두 마음이 하나 될 수는 없는가.
내 마음 나도 몰라.

첫사랑

생각만으로도
상상 만으로도
가슴 저린 풋사랑.

혼자 고이고이 간직 할걸
질풍노도의 사춘기 때
급기야 고백한 나의 첫사랑.

눈 감으면 온 몸이
후끈거려 가슴이 콩닥콩닥
눈시울 적셔지는 짝사랑.

그땐 왜
그 오빠가 그리도
좋았을까?

~난 오빠가 너무 좋은데
오빠는 어때? ~

가슴앓이 짝사랑 못 견디고
당돌하게 고백하고만
첫 사랑 그 오빠.

지금 와 다시 보니
촌스럽고 답답한데,

그땐 왜 그렇게
가슴 떨리게 좋았을까?

먼먼 기억 속에
지금은 잊혀져 간 첫사랑 순정.
돌이켜 생각하니 참으로
당돌한 첫사랑 짝사랑.

한번 쯤 웃어 보고
그 시절 떠 올리니
고백한 풋 사랑

아름답고 소중한
추억하나 사랑하나.

엣지있게

청춘은 간데없고
눈가에 자글자글 주름만 늘어간다.

목소리 둔탁하여
애교 있고 발랄한 목소리 어디로 갔을까?

아무리 외쳐 본들
고음 불가 노래까지 중년 일세.

꽉 낀 청바지 부츠 신으니
의상은 청춘이고 마음도 청춘인데,

외출하고 들어오면
욱신대는 허리 무릎 노년을 말하누나.

가는 세월 잡아 본들
멈춰 줄 리 없을 테고,

주름하나 없애려고 마사지 해 보지만
골진 주름 없어질리 만무이고,

마음은 청춘이라
거울 보며 요리 재고 조리 재어
젊어지려 애를 쓴다.

봄이 왔으니

화사하게 의상도 바꿔 보고
엣지있게 하이힐도 신어 보자.

그까이꺼 두 번 사는 인생도 아니건만,

괜스레 움츠리고 주눅 들어
시간 낭비 할 필요 없지 않은가.

우울증

작은 성 안에서
작아지는 외로움이 감기처럼 왔다
그 아픔 이길 수 없어
마음 문 닫고 작은 우주 안에
갇혀가는 마음의 기침 소리

아픔은 모두에게
똑같이 찾아오는 바람 같은 것
너무 오래 방치하면
헤어날 수 없는 강물위에 떠가는
돛단배 될라

자칫 나락으로 떨어지는 마음을
에워싸고 있는 미세한 먼지 같은 것
훌훌 털고 일어나라
이제 그만 둥지 안에
알을 깨고 세상을 날아가라

새해도 밝아오니
자신과의 우주에서 조용히 나오기를

고향의 봄

나의 정과 온기가 숨 고르는
빨강 양철 지붕 밑
새촘히 서 있는 담벼락,

새들과 바위가 반갑다며 인사하는
내 고향 굽이진 산천.

텃밭의 고추와 배추
짝을 이뤄 피어나면,

오솔길 싸리나무 모가지 길게 빼고
이제나 저제나 나만 기다리며 애를 태운다.

고추랑 배추 싸리와 탱자나무
봉선화 금잔화 앙증스레 피어나면,

그들과 벗 삼아 돌담길 돌고 돌며
이야기 하고 싶어 친구가 되고 싶어.

지나온 세상살이 힘들었다. 고달펐다
그래도 살아서 여기에 왔노라고
이야기 하고 싶어.

회상

여름밤 멍석에 누워
고구마 옥수수 쪄 먹던
그 시절 떠올라,

생 쑥에 모깃불 피워 놓고
온 가족 한 자리에
모여 앉은 그때 그 자리.

지금도 눈앞에 선명한데
그 시절 그 사람들
다 어디로 떠난 걸까?

여기저기 흩어져 삶의 놀이터에서
다람쥐 쳇바퀴 돌듯 시간의 노예 되어
바쁘게 살아 내겠지?

나처럼 이렇게 그 시절 떠 올리며
밤하늘 별빛 세고 있겠지?

희끗 희끗 흰 머리 성성하고
주름진 눈가 미소 지으며,

하늘나라 떠나신 부모님 그리며
못 다한 효도에 한숨도 지어 보겠지?

그립고 돌아가고픈 그때 그 시절,

지금은 변해 버린
중년의 늙수그레한 모습으로

다시 한 번 멍석에 누워
초롱초롱한 별빛 바라보며
추억에 잠겨보고 싶다.

오솔길

아카시아 푸른 잎 따서
너 한 잎 나 한 잎 내기를 걸었지.

너는 커서 무엇이 될꼬?
나는 커서 결혼 할 거야.

황톳길 오솔 길에
철없던 코흘리개 막연한 대화,

오솔길 외진 곳은
우리들 기다릴까?

함께 했던 그 친구와
두 다리 튼튼 할 때
다시 한 번 걷고 싶다.

윷놀이

곱게 깎은 나무 조각
하늘 높이 날리며,

윷이요 걸이요
마음껏 소리 지른다.

친구보다 언니보다
내 편이 제일 소중한
언니이자 친구며,

똘똘 뭉친 내 편끼리
손에 손잡고 한판 승부 즐겁다.

이긴 편 진 편 상품도
똑 같은 소박한 윷놀이,

티슈 한 아름에
또 한 동안 휴지걱정 없겠다.

우정

팔팔 끓여 우려낸 곰탕
뽀오얀 우윳빛 같아라.

멀리서 보내 온
친구 정성 고마워
끓이고 또 끓이면,

구수한 냄새
걸쭉한 곰탕
뽀얀 볼살 오동통 살이 오른다.

멀다하여 우정이 아니런가
가까이 있다하여 그 또한 우정이런가

가까워도 못 만나면
우정이라 말 할 수 없고,

멀리 있어도
매일 문자 소식
이 보다 더 깊은 우정
어디 있으랴

재 넘어 그 곳엔

철따라 고운 옷 갈아입던
재 넘어 그 곳엔 누가 있을까?

봄이 되면
진달래 개나리 꺾어
언니 등에 업혀오던
그 곳이 늘 그립다.

골짜기 어슴푸레 저물어 가면
언니 손 꼭 잡고 매달리던
그 시절 그립다.

세월 따라
강산도 바뀌어
재 넘어 그 곳은 댐이 되었고.

넓은 댐 호수 위엔
멋진 유람선 유유히 떠다니는 관광지가 되었다.

가끔씩
겁 많고 호기심 많던
그 시절 그리울 땐

마음 깊이 간직한
그림 하나 꺼내어
중년의 외로움 달래본다.

산다는 건

산다는 건 그런 거지
좋다가도 싫어지고
웃다가도 우는 거지.

산다는 건 그런 거지
가시밭길 자갈밭길
고행 길을 걷는 거지.

이제나이 이순이라
삶의 깊이 알았으니,
인생살이 쓰다달다
말할 자격 있는 거지.

정답 없고 확답 없는
인생살이 차근차근
쉬엄쉬엄 가다보면
꽃길인생 열리겠지.

성급하게 달려본들
헉헉대며 숨만 차네,
느긋하게 걷고 걸어
금수강산 산천초목
아름다움 보고가세.

빨리 가면 오십 키로
늦게 가도 사십 키로

그래봤자 남은 숫자
앞당기니 남은인생
유유자적 즐겨보세.

세월 따라 바람 따라
구름처럼 두리둥실
저 하늘도 품어보고,

어느 때는 별도 되고
어느 때는 구름 되어
저 하늘을 날아보세.

우산이 되어주자

철이 없던 그 시절 아무것도 모른 채
가족이란 울타리 만들어
서로를 바라봐 줄 여유 없이
스무고개 계단놀이 하다 보니
너도 할배 나도 할매다.

청춘세월 엊그제 같은데
어느새 우리인생 육부 능선을
숨이 차게 오르고 있구나,

사는 동안 어둠의 긴 터널도 지나왔고
화려한 봄날의 꽃길도 지나 왔으니
이제 한 번 쯤 마주보며
서로에게 따뜻한 우산이 되어주자.

우산은 들었는데 받쳐줄 네가 없다면
우산은 펼쳤는데 씌워줄 내가 없다면
얼마나 아쉬울까!

견디고 견뎌낸 세월만큼
견뎌야할 세월 남았으니
행여 비를 맞고 떨고 있진 않는지

바라만 보지 말고
펼쳐진 우산 들고만 있지 말고
서로에게 아늑한 우산이 되어주자.

남이섬으로

너는 빨강 나는 노랑
다운점퍼 곱게 입고
설레는 소풍 길

너는 몇 살인지
나는 모하는지
서로를 모르지만

환한 미소 자신 있는 목소리가
청주시내 제일 멋진
대표미인 대표미남 중개사라네

회장님의 멋진 모습
재치발랄 진행 팀
올 한해 대박 나고
부자 됨은 기정사실

이렇게 만난 것도 인연인데
그 인연 오래 오래
영원무궁 기원하세

11월

가을도 겨울도 아닌 징검다리

떨어진 낙엽 제 멋대로 뒹굴고
파르르 떨고 있는 나뭇가지
칼바람 심술부린다.

먼지 쌓인 주머니 깊숙이
시린 손 구겨 넣고

겨울로 가는 잰걸음
영문 모를 강아지
덩달아 바쁘다

지금 행복하니?

행복하니?
라고 물으면
선뜻 대답하지 못하는
행복이란 단어

그저 그래
라고 대답하면
상상 만으로 불행인줄
착각하게 만드는
행복과 불행의 차이는
동전 뒤집기야

지금 행복하니~~

행복해~~
말하는 순간 행복해지는
주문 같은 것

마음의 주문을
매일 되뇌이고 살아 봐

지금 행복하니?

코스모스 금잔화 해당화 가꾸시며

호미질 하시던 어머니를 늘 그리워하며

한 줄 두 줄 써내려간 일기 같은 넋두리를

혼자만 안고 있던 작은 선물 같은 글을

망설이고 망설이다 세상에 내어 놓습니다.

– 시인의 말 중에서 –

너 그거 아니?

이종임 시집

초판 1쇄　2019년 11월 20일

지 은 이　이종임
펴 낸 이　임종구
디 자 인　김완기
편집기획　강미숙
편 집 장　이미래
기　　획　구암기획
인　　쇄　진종합기획

펴 낸 곳　구암출판사
등록일 2019년 7월 2일 제 573-2019-000025호

주　　소　충북 청주시 흥덕구 제 1순환로 512번길 38 2F
연 락 처　043-276-1833
팩스밀리　043-905-4786
홈페이지　www.twlawa.com
E - Mail　guahmmh@naver.com

정　　가　10,000원
I S B N　979-11-968576-1-5

이 도서의 국립중앙도서관 출판예정도서목록 (CIP)은
서지정보유통지원시스템 홈페이지(http ://seoji.ni.go.kr)와
국가자료공동목록시스템(http://www.ni.go.kr/kolisnst)에서
이용하실 수 있습니다
(CIP제어번호 : CIP2019046216)